U0055358

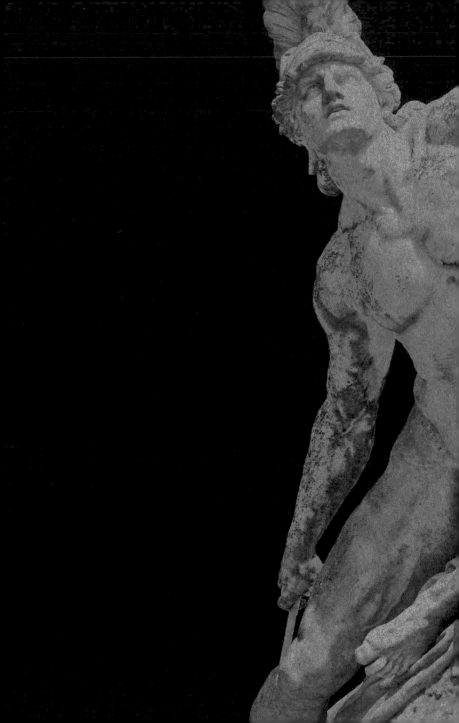

把你的心跟肺
挖出來
帶回鄉下
餵狗

浪漫的事

曾經為你作詩
妄想成為你的雙腿
你的陽光
你的傘
如今我什麼都不是了
也不想再作為愛的詩

只想做愛
只想

把你的心跟肺
挖出來
帶回鄉下
餵狗

2017, 寫給前男友

雨天的時候做愛

你來找我
可這雨下得
夠大
我走出去接了你
不要你來替我撐傘
就讓我濕
就讓我
濕透了以後
你再進來

盲目的愛情

把床單換成淺色
就看不見
黏附在上面的毛

我們一直這樣
多睡了很久很久

我們的島

把資源
留在市中心
再把廢料
丟給蘭嶼

把古蹟
燒成新台幣
再把高樓
賣給商人

把同志
趕到上街頭
再把責任
推給上帝

雖然

我喜歡看流星
雖然有一天
我坐在山頂上一晚
一顆都沒有看見

我同時也喜歡看
那些長得好看的男孩子
雖然他們通常
都不看我

動機

做愛的時候
你習慣張開雙腿

接吻的時候
卻總是閉著眼睛

愛情

我討厭我看著你
而你卻不看著我

雙眼是
屁眼亦是

白沙屯到北港了

昨天晚上
白沙屯到北港了
我抽空去看了一會
沒見著媽祖
卻看見到
古早味冰棒
正在買一送一

我來到廟口前
一邊吃冰
一邊看著
那個常駐在這兒的街友
躺在隊伍當中
伸手討錢
信徒來來往往的
不太注意到他
比較多是雙手合十
少部分則打起群架

在一個下午裡

在一個下午裡
姪女哭得令我頭疼
我給她餵了奶
換了尿布
逗了老半天
她還是哭個不停
實在沒有辦法了
我就想給她
唱一首英文歌
跟愛情有關的
發音可能不太標準
但反正又如何呢
她才四個月大
聽也是聽不懂

愛情

我始終不明白
相愛的人為什麼會分離

直到我遇見了你

一年

一年這麼慢
我還沒有辦法
十足十地將你忘記

一年也這麼快
爺爺的墳墓上
草已經長得很高

虔誠的信徒

風調雨順
我覺得是拜媽祖帶來的

天氣變熱
她覺得是同性戀造成的

2016, 素每受訪事件

金玉良言

雞巴
屁眼
和逼
都能賣錢

那金錢是買不到快樂的
鬼才相信

真希望我們是雨林中的兩棵樹

靠得很近

抱得越久就
纏得越綿

下輩子更加決定

這輩子我是不愛你了
自然也就不會想再和你做愛

就算你有八塊肌
陰莖長到二十公分
我都不想

如果有一天

你死掉了
我會不會感到開心
只是一想到這裡
我突然又希望
這一天永遠不要到來

你的存在對我來說就是一種折磨

你是一場鋒利的雨
把我下得遍體麟傷
更在我尚未完全癒合以前
亦作成一道光
只見我哪邊有縫
你就往哪邊
插進來

兩個祕密

蔡英文不見原民
可是她支持婚姻平權

勞倫斯說他是純零
可是他從不約砲

2017, 沒有人是局外人

暴雷

有一些人
在看電影之前
不想事先得知結局

可是他們
卻很想知道
關於自己的未來
算命師說了些什麼

愛情

一起散步
等風吹
看誰人家的狗
期待主人
將飛盤
往牠的面前丟
照相
討論晚餐
該吃什麼

這個時間
經常性的
會下一場雨

然而
我並不是
真的那麼在意
我們之間
有誰會替誰
撐上一把傘

通常來說雨都是會停的
總會有那麼一刻
在你露出牙齒
對著我微笑的時候

不要教育我的孩子

不要教育我的孩子
成為一個同性戀
只要學校不教
這個世界上
就不會再有同性戀了

不會有同性戀
也就不會有
被霸凌的
跳樓的
上吊自殺的

學校反正
也都沒有教過這些
那又有誰
會這樣做呢

一樣的日子

有一些人
希望被喜歡
就把自己
變成別人眼中
應該要有的樣子

他們後來
總是自己告訴自己
生活很棒
要好好活著

又有一些人
他們不肯為誰而改變
只是熱愛自己真實的樣子
卻不被喜歡

他們除了自己告訴自己
更經常需要別人
來告訴他
生活很棒
你要好好活著

寫給葉繼元

頂樓

愛情好難
和一些人
活著的時候一樣
不太容易
那麼死亡呢
來年
有沒有一種可能
能夠讓它
變得平易近人
變得像曖昧
和陌生人上一次床
同樣簡單

有嗎
會有嗎
如果有
那我就跳了

愛情

水星逆不逆行
也都距離我遙遠
而我前去找你
只需要六十分鐘

正常的同性戀

沒有愛
也可以做
只要你 OK
我就 OK

願望

18 歲時
渴望擁有
一片 40 歲的財力
40 歲後
卻想留住
一根 18 歲的雞巴

戲

總有第三個人
會為了電視裡的愛情故事而哭
我和你們演了這麼長的時間
哭的那一個
卻從來都是我自己

在我眼底下的愛情
似乎就是這麼地難
就連詮釋自己吧
也都能失敗的頻頻 NG
後來的許多時候
我經常找一個人
在花錢租來的房間裡
演好一場床戲
接著就收工回家

二十歲前後對未來的憧憬

好好的長大
好好的投
好好的投票
好好的活
好好的活著
好好的死

分類

熊
　猴
　豬
　狼
都是同志

春夢

夢見你是鬼
來壓我的床

哎呀

上班族跌倒
掉了一杯美式咖啡與一張名片

貨車司機跌倒
掉了一具塑膠皮尺與一把鑰匙

母親跌倒
掉了一把青蔥與一包咖哩塊

政治人物跌倒
掉了一個面具與另一個面具

愛情

雨會停
花知道謝
果實懂得墜落
你理解我的悲傷
而我也能夠明白
有些東西
失去就是失去
像人死了一樣
是再也活不回來

李牽
（我的奶奶）

從前
李牽不習慣看鐘
她通常只看
門廊前的影子
就能知道
現在是幾點鐘

現在
牆上的時鐘不動了
房子的擺設
也沒有
李牽的相片
笑得子孫滿堂
被掛在時鐘的旁邊

匆匆

走了多遠的路
去了哪個國家
健了多久的身
吃了哪家餐廳
強尼總是喜歡把這些事
告訴那些
不認識他的人

後來強尼死了
那些人各自
出國
健身
走路
吃飯
沒有一個人
前去參加他的葬禮
倒有一些
給他上星期在健身房的自拍貼文
按了一個讚

那個叫愛情的地方

當我注視著你
而你也盯著我看的時候

你每往前走一步
我就會往下墜得更深

我的愛情

就像是住進眼底的一粒沙
為了離開你
我還得用哭的

愛情

為了看穿
一大片的風景
我們不惜
多走上一段路

來到河堤上
我讓你走前
是因為我已經習慣
眼裡有你的時候
景色才能稱得上是完整

臨岸的風大
傘在我的手裡
已慢慢禁不起風吹

而為了躲雨
你也逐漸愈走愈遠

正當我開始
想把小小的你
給仔細看清的時候
你卻已是站在對岸
向遠方招手

農曆七月

真希望能夠擁有陰陽眼
這樣就可以看見
我死去的
姊姊與奶奶

即便她們
伸長了舌頭
向我索命
我也不怕

愛情

你愛我嗎？
你愛我嗎！
你愛我嗎……

現代人

對著電腦
手淫

對著手機
露下體

對著鏡子
拍照片

對著愛人
一語不發

蹦的一聲

政府很高
人民很矮
我們
除了努力往上爬
某些時候
更得勇敢
往下跳

熱戀期

手機螢幕上：
「對方正在輸入訊息⋯」

下輩子之四

做你的安眠藥
你睡不著
我做一粒
你哪天想要死
我就做一瓶

影響力之二

耶穌死後
對世人仍留有
極大的影響
阿慶總也想著死後
能帶給後人一些
所以他自殺
房價下跌了
每坪三萬

階級

（電視新聞上）

殺人的兇手
臉上有馬賽克
孫安佐的五官
清秀可人
皮膚更是
白裡透紅

空氣的空

裝滿空氣的塑膠瓶
從外面看
看不見任何東西

即使
打開了
也是空的

寫給盧秀燕

死人

墮胎會害死人
被一群人脫褲子
也會

一堆毛

愛情時常的時候
是兩粒睪丸

痛
一起
高潮也一起

愛情

遠看曖昧
美得就像是
一朵開在雲裡的花
摘下以後
卻又像從霧裡拉出來
一坨花樣的屎

無題

衣著　和傢俱
我多半喜歡舊的
勝過全新
而一張唱片
或者一捲菲林
對我來說也會是
二手的再好不過

即使是愛情吧
只要看上眼了
我都能夠以這種方式
去到人海市場裡把它尋回來

任何毀損都再也無關緊要
只要我們都仍保鮮

中天與韓粉

他打破了窗戶

他們怪它
是玻璃做的

遊行之二

健身不是為了健康
而是為了
向世人誇耀你的美麗

依靠

來的時候不能自己決定
走了以後還得看農民曆

之後

你死會
有了新戀情

我單身
我到死都會

欸

他們說
在公共場合吸煙
會使周圍的人得到癌症
每每燃起根菸
總引來旁人側目
我看著遠方那根煙囪
它在這裡吐了數十年的煙
他們連吭都沒吭過一聲

寫給六輕

我時常在不同的床上撿回自己的命

每一次
他們總說要操死我
但最後
卻還是讓我活著離開

深櫃

我認識一個貪心的同性戀
他擁有衣服不多
卻用上一個很大的櫃子
好多年了
他出門時
總要帶上兩套衣服
刷個臉書
也得申請兩個帳號

共體時艱

老闆的口袋
都是鈔票
員工的包裡
只有零錢

我以前的公司
是一台
僅限投幣的
夜間巴士

加班什麼都有
什麼也都沒有

愛情

睜開眼睛的時候
讀你的訊息

洪水來臨前

我想再多活久一點
直到所有人類
因為氣候變遷
即將滅亡的那一天
我會翻越所有巨浪
用盡餘生的力氣
來到李天柱墳前
撒一泡
熱呼的尿

無言的結局

沒有什麼話好說了
只能夠剩下
你對我說的謊話
或者我對別人說
你的壞話

單身動物園

為什麼單身的人
就必須得是條狗
就不能夠是一尾魚
一只老虎、山羌、禿鷹
或者是柔順的貓

哎呀！
又打破了一個花瓶
舔舔自己的腳
滿不在乎

見網友

一場豪雨
將我們困在超商裡
躲了很長時間
我才終於鼓起勇氣
對你說
塑膠雨衣
一件只要 25 塊

網路霸凌

你是一還是零？
零。

（對方已離線）

默契之三

不記得我們
為何相愛
並且問你
你也說不上來

分開的時候
我沒有問為什麼
你也沒有

命運

阿民，民國 77 年生
異性戀，已婚，育有一女
覺得肛門只能夠用來拉屎

後來阿民
因拒絕照大腸鏡
卒於民國 108 年

2016, 張守一「器官誤用」說

愛情

我們不斷地
說假話
來鼓勵對方
後來謊言
都變成了一把刀

還不只是在嘴邊割
更多是往死裡砍

惡鄰居

它搬過來以後
不但弄髒了你們的家

甚至還對著你們說
不想死的話就給我搬出去

寫給麥寮許厝分校

距離

〈仙丹〉
你會變成同性戀
是因為你還沒能操過逼

〈傳染病〉
你不是同性戀
是因為你還沒有讓雞巴操過

民主社會

以前
他們只能夠用
肢體
語言
網路
和性
來霸凌同性戀

現在
他們不僅僅是
還會這樣做
更可以利用選票
來教訓他們

寫給愛家公投

教富城學算數

呼倫貝爾八日遊
除以
地瓜葉
等於
533 把
，

搭直升機遊阿拉斯加冰河
除以
茄子
等於
480 條

寫給李富城

初戀

你喜歡黃色
喜歡長髮
喜歡女生

我喜歡灰色
喜歡短髮
喜歡男生

我們不太一樣
即使隔了很久
也是

你結婚了
而我單身

擇偶條件

超商裡的熱狗
第一根總是
皺巴巴的

我總是跳過它們
只願意夾後面
那些看起來
年輕的

從前的你離開

今天的太陽
就沒有再照到我

後來的雨
全都下成千刀萬剮

愛情

我一直沒有辦法養成
出門帶傘的好習慣
儘管在愛情裡
是始終大雨如注
比較可笑的兩個部份是
我從來就不知道
原來你也沒有

默契之二

每隔一段時間
你就會給我打上一通電話
我其實都知道
你想要對我說些什麼
儘管我一通都沒有接起來過

有很多的人

有很多的人
說別人寫的詩
不能叫詩
他們寫的才是
那麼詩
它究竟
應該是長得什麼模樣呢
是吻別的清晨
還是懸置的日常
是聰明的烏鴉
還是那一只樹上的蟬
整個夏天
吱吱的叫著
簡直吵他媽死人了

許多的同性戀會毀滅世界

許多的同性戀會毀滅世界
但是有更多的同性戀
還沒能這樣勇敢
去做出這樣的事
他們甚至連
向媽媽出櫃的勇氣
也都還沒有

無題之二

小的時候
希望被覺得成熟

長大一點卻
渴望被誇讚年輕

價值

一張黑膠唱片的
品味和音樂性
我一邊聽
一邊仔細端詳

直到最後一首歌結束的時候
才忽然想起
忘記邀他一起共舞

心照不宣

白天的凶宅
沒有人想要靠近
這一賣
就是十年

夜晚的天安門
有人遛狗、自拍
還有水舞表演

用途

雞巴對某些人來說
像是一把鑰匙

一般開開房門
大一點的
開心門

拾荒的老人

用撿來的腳踏車
賣撿來的瓶罐
穿撿來的衣服
抽撿來的煙
在撿來的飯桌前
笑稱自己也是撿來的

在他住的地方附近
經常會有一些
沒有人願意撿走的狗
他幾次撿起門前的保特瓶
奮力地朝牠們丟

可能性

把精液射在屁眼裡
不見得就是同性戀

有的時候
只是想爽
卻又不願意負責任的
異性戀幹的

吸菸的人有的時候像一個同性戀

想爽
還得
躲起來

遠距離戀愛

有過那麼一天
外頭正下著雨
我們在房裡
不停地吻
愈吻愈深
像兩只糾纏不清的蛇
誰都不願意認輸

我把你看成
我的台北男朋友
你將我當作
你的北京男朋友

我們各自
想著不同的人
卻共同思考著
該怎麼激烈地做
才能夠將對方
給狠狠吞食

理想

先上我
再愛上我

我寫了一個愛情故事

在裡面我是一個笑話
而你是最後一場悲劇

快樂

我過得很快樂
也過得很好
流過的血
都乾了
所有的問題
也都有找到答案
還是一樣
喜歡太陽
喜歡台南
喜歡海
也還是一樣
不喜歡雨天
不喜歡台北
不喜歡你

遺傳

爺爺　爸爸都有禿頭
　　我也有

奶奶　媽媽都有胎記
　　而我也有

但他們都不是同性戀
　　我是

喜歡與討厭

我最喜歡二月
因為我只需要
上二十天的班
而最討厭的是八月
因為我是在這個時候
被我媽生了下來

我的爸爸

晚年瘦得像一陣
步履蹣跚的風
吹過的枝葉倒不下
拂過的水也激不起漣漪
卻仍然不停止地吹
無論太陽升起
或是陰雨落下

他經常吹回醫院
再吹回家中
累了
就住下來
休息一段時間
返家時
偷偷帶上一些
豐沛的水
行經一部分
幾乎快要被曬乾的田
它們通常
就會長出一些長長的草

入睡之後你所不知道的事

打呼
夢遺

翻一個身
立院三讀

記 2018 勞基法修正案

曾經你是住在我眼底的

只是還沒能等到下一個季節
你就搬到另一個深邃的地方

在那裡
你擁有他的湖泊
我沒有我的倒影

美好人生

他退休之前
一邊看著股票的漲幅排行
一邊吃著自己剛煮好的溏心蛋

他退休之後
一邊看著雇主與看護的翻譯手冊
一邊吃著孩子從上海寄回來的梨膏糖

愛情

日期和你有關
習慣和你有關
照片和你有關
味道和你有關
衣櫥和你有關
寫詩和你有關

想要自己殺死自己
好忘記你

可死了
卻還是和你有關

先苦後甘

王子公主
每一天都很快樂
我有的時候
也很想要和他們一樣
就算我會擁有
一個悲慘的
從前從前

愛情

我不屑看煙花
更不想跨年
一年有 365 天這麼長
比起這一些
我更想要
跨在你身上
能過一天
就是一天

噓

我的同學
我的朋友
我的學弟
我的同事
我的客戶
他們經常跟我回家
在我爸媽過問的時候

我們一般
回到房間以後
就會把音量降低
然後將門鎖上

我寧願相信

我寧願相信
太陽從西邊來
同性戀會傳染
田野的另外一邊
是從天而降的愛情
而不是高聳的塔　白色的煙
在一起不是一輩子的
孤獨更應該是
曾震翔離我而去
再沒有捎來訊息
遠方的塔終究冒了煙
田野由綠轉黃
是他，是他的時辰到了
我寧願相信

五四兩

太陽都還沒下山
裡面就沒有陽光

2013, 洪仲丘事件

我的媽媽

我的媽媽
告訴我
你失戀了
全天下
就只有我會
替你
感到不捨

此時
窗外正好大雨滂沱
我沒有再說話
卻也什麼都說了

年輕的同性戀

年輕人
買不起房子
存不了錢

同性戀
給不起承諾
結不了婚

我真的很倒楣
因為我
什麼都有
也什麼都沒有

愛情

有一天
我們靠得很近
雨水不斷地滲進屋裡

有一天
我們離得遙遠
窗外就開始有了藍天

詭計

要是屁眼也能夠受孕
我就要你的每一次
都是射在裡面

這樣我們就可以
奉子成婚
還能夠得到
護家盟的祝福

愛情

因為你三點了還沒睡
三點了睡不著因為你

愛情

你不喜歡煙味
所以我愈是抽菸
你同時也討厭雨天
所以雨下的時候
我一般就會站在裡面

雲林遊記

去北港拜拜
去劍湖山搭 G5
去古坑喝咖啡
去虎尾買一條加長的毛巾
去麥寮送給居民
讓他們留著
年輕時搗嘴巴
老了就上吊自殺

如果可以

如果可以
我想要用一只耳朵換一個逼
我想要做女人
我想要結婚
我想要生兩個小孩
我想要得到父母還有
所有親戚的祝福

如此一來
走在路上
咒罵同性戀的聲音
我也能夠
少聽見一點點

交友

網路上
露臉的
與露胸的
達成共識

一起排擠不露臉的傢伙

下輩子

做一個異性戀
就不會在意
你有沒有人愛

愛情

你握著我的時候
我給的力道很輕

我看著你的時候
你看著別的地方

有一些朋友

他們習慣
把臉放在網上
把書藏在包裡
雖然普遍
長得好看
可書卻
不好好看

他們生氣
就把臉藏起來
什麼都看不見的話
也就以為
每一個人
也都把書
給藏在包裡

他們喜歡
分享生活上的一切
喜歡的程度
是就連晚安
這兩個親密的字
也都肯對
陌生人說

報應

在你之後
也曾有過一些新的對象
我向他們靠近
是因為他們像你
也因為他們像你
所以我後來離開

如果今天我死了

如果今天我死了
我的記憶就只會停留在這裡
我見不到你的年老
並且你也只能記得我的青春

如果今天我死了
我可能就會變成一隻鬼
鬼應該可以飛吧
那我就想飛去冰島
不想再住在鬼島

如果今天我死了
我房間裡書架上的書
和櫃子裡的唱片
你們知道有一些是很貴的嗎
希望你們
懂得賣
就不會傷心了

如果今天我死了
我想要去投靠姊姊和奶奶
因為他們一定都很有錢
畢竟我生前燒了這麼多紙錢給他們
他們一定會讓我在地府不愁吃穿

如果今天我死了
花會開　草會長
麻雀還是會不停的從鐵皮屋鑽進來
築一個我從未完成過的愛巢
並且替我住下

兩全其美

為你哭
也逗你笑
替你搬家
也給你下過麵吃
打電話
讓你起床
把你接送
到我心坎裡

我突然間覺得自己
不僅僅是一個
有用的人
對你來說
我更是一個
好用的人

倒楣

夜晚的時候
我把眼淚
一顆顆
都鎖上天空

離開的時候
卻害怕它們掉下來
砸中誰
還許了一個
無法成真的願

我的遺囑

人活著的時候
麻煩的事情太多
所以
等我死了
這喪事
就別麻煩了

如果這都不算愛那到底怎樣才算

要是你死了
我絕對非常樂意
將你的屍骨
葬在我的枕頭底下

這樣我就可以
天天夢到你
餓的時候還能夠
拿出來啃

爆料公社

上傳鍵是一把槍
所有的留言
都是子彈

愛情

我們的關係
有了裂縫

水倒得再多
不會滿

跳到愛河裡
我們也漂不起來

形狀

拿出冰箱裡的蜂蜜蛋糕
從中間切掉一半
突然想起來
我們當初
也是這樣子分開的

你在我的夢裡

你在我的夢裡
是一隻沒有穿衣服的雞

你在別人的擁抱裡哭
也在別人的床上呻吟
可是
你在我的夢裡

愛情

過去的我跟你
和一個人有什麼不同

現在的我活著
和死了又有什麼不同

我想要成為一顆石頭

切成三個部分
一些做骨灰罐
一些做墓碑
再一些，躺在路邊
被人踢到哪
家就在哪

外貌協會

琳達想要領養
馬爾濟斯
卻不要米克斯

然後覺得自己
很有愛心

無題之三

以前的我很喜歡冬天
特別是很冷的時候
就終日躺在床上
什麼事情都不做
有的話大概也就只會是
不斷的給你發訊息說
台北很冷喔
記得待會出門的時候
要多加一件衣服

現在的我
還是會在特別冷的時候
什麼事情都不想做

還是一樣
那麼地喜歡冬天

就只是
給你發訊息的這件事情
已經換成
別人來做

難以啓齒

髮型師是你的熟識
所以我每次去幾乎是
聊你　多過我
之後的每一個月我還是會去
不同的只是會戴著面具然後

假裝你很好
假裝我也很好
假裝這個世界
沒有窮人
沒有滂沱
沒有傷心的事
也不會有人聽
心碎的歌

悲哀

如果我是太陽
對你來說
那肯定是最接近中午的那一個
你最討厭的我
連屌都是彎的

我們的愛

我們能夠射精
射進比陰道
比任何湖泊
都還要更深的地方

我們不能夠
像異性戀一樣
利用精子來奉子成婚
一輩子幸福快樂
（即使是假裝）

我們能夠將愛
輕鬆地做
如兒戲般地做
每當要談
卻總是困難

我們不能夠締結成為連理
無論是以何種高潮
從這個奶頭越過另外一座山頭
鳥就是沒有鳥用
屁眼也不會有任何屁用

寫給男同性戀與自己

下一個天亮

太陽總是
西邊落下
東邊升起

我愛你是
右耳進去
左耳出來

世上所有的事都是有跡可循的

貓咪不願意跑跳
是因為病了

長螞蟻是因為
飼料灑到地上了

我看著你但你不看著我
是因為

馬腳

(小志的交友 profile)

有 B
不約砲
，
177
80
35
純 0

過節

不過就是
情人節
我
不過就是

關係

我們
很愛
對方
很愛
爭執
很愛
吵架
很愛
等對方心碎成一地
的時候
再叫他
自個兒打掃

我是在雨天的時候遇見了你

後來有你的日子
都是晴天

愛情

難捨難分的八月
是炙熱也膠著
有的時候擁抱得太過用力
就連心都會跟著粉碎

九月十月十一月
十二月的煙火燒得正暖
關心什麼的已經給予不起
更多只會是我很想念你

此後你的城市餘生擁擠
再也容不下我的日子
它們終將換上新的衣服
我們也都不再渴望重逢

循環

計算距離　金額　天氣
都非常地簡單
我也經常這樣做
但是計算日子卻很難

特別是想到
沒有你的日子
我再也算都算不完的時候

麥寮鄉的富二代

含著金湯匙出生
做著放化療去世

走了

悲傷走了
秋天也走了
記憶走了
快樂也走了
你走了
我也想走了
時間
它從來
也沒有停過

愛情

工作換了
我知道接下來
該往哪走

秋天走了
冬天的衣服
得拿出來

世界就要末日了
我也曾經想過
應該把握些什麼

你離開了
我不知道應該怎麼辦
我甚至還沒有想過
這個問題

正常一點

請你們穿多一點
正常一點
再走上街頭
不要引起爭議
不要模糊焦點
要不然
我不知道應該
如何教育小孩
說服我的爸媽
接著把票投給你們

請你們學學黑人
穿得很體面
也夠保守
赤手空拳的坐在車裡
安靜一點
舉高雙手的時候
正常一點
自然就不會
再有白人
對著他們開槍了

低頭族

你因為手機
我因為你的雞巴

愛情

台北很小
有的時候卻也很大

我以前
在這裡找到你
後來就把你弄丟

我們的

我們的健保
我們的稅金
我們的投票權
我們的言論自由
是一樣的

但是我們的民法
是我們的民法
你們為什麼
要來動呢

愛情

我的手機密碼
是你的生日

你的手機密碼
是你的生日
你自己的生日

地震來了

地震來了
唱片掉下來幾張
浴室散落一地
天花板的磁磚
又裂得更深了
貓咪躲在桌底
媽媽沒有起床
爸爸也沒有
以前還有一個人
會給我打通電話的
現在也都沒有

愛情

以前經常說的
我們
那兩個字裡面
會是我
也包括你

只是現在沒有
以後也不會了
可能就剩下你
還有你們

或者還有一些別的
但也都已經與我無關

愛情

有一天做夢
夢見你往上飛
我捉不住或者就是
自己鬆開的手
都無關緊要
我只是希望
你落下的時候
我還沒有醒
因為唯有這樣
望著你粉身碎骨
我才能夠算是
睡得安穩

三十年

三十年前
鄭南榕自焚
證明自己沒有錯

三十年後
同性戀也沒有錯
但是自焚，沒有人敢
一般也就
選擇燒炭
或者割腕

輔導級

小時候
爸爸要我
多看新聞
少看卡通

長大以後
我告訴我女兒
多看卡通
少看些新聞

最美麗的風景

趕時間的人
都很沒有愛心
一下子要
火車輾過工人
一下子又要
身障者去搭電梯
不要擋在手扶梯
的左邊

2013, 關廠工人臥軌事件
2016, 張女捷運手扶梯事件

偏鄉的人生

偏鄉的醫生很偉大
他們救人無數
也擁有好的醫術
我一直是這樣以為
Jerry 告訴我
你也能夠做一個
偏鄉的詩人啊
寫一些平常人
看不見的
聞不到的
比方說台西村裡
罹癌人數和全國的占比
以及每一年從麥寮
吹到那裡的酸臭南風
你可以讓他們感受得到嗎？
這樣害死人的一件事
經由這樣爛死人的一首詩
你可以嗎？
你們可以嗎？

台北遊記

去木柵看熊貓
去華山排隊
去西門町看 Gay
去龍山寺祈求
也看別人乞求

來到青島東路
我就寫詩
寫些路過的人
平常連看都不看的
或者是他們本來
就看不懂的

地下社會的那道木門
我經過了兩遍
前天還有今天
也許還有明天
它始終關了又關
關了
又關了

愛情

看海的時候
你在海裡
看山的時候
你在山裡
抬頭望著太陽
我看不見你
可是地上的人
都有我熟悉的影子

投票日

我等了三十年
是為了結婚

你們不讓我結
也就算了
連排隊
都只需要
四十分鐘

2018.11.24

等待火化

我們
等了兩個小時
奶奶
等了一輩子

2016.05.02

雷

一道雷
離家出走
雲一急，便後悔了
所以它一般
會開始哭

郝柏村

吃了祖父的米也
嚐過我父親的湯
現在我決定把我的甜點的
一半給藏起來
不讓他吃
他竟選擇走上街頭
要我把剩餘一半的甜點
交出來還
不能夠說
他是一個
貪吃的人

各有所長

一些鞭炮
用來迎神
另外一些
用來吵死人

停電的時候我只能用手寫詩

寫錯了
就劃掉
等到整張紙
再沒有空白的地方
可以寫了
就揉一揉
往紙簍裡丟

這和生活很不一樣
例如很多事情
我寫過
但劃不掉
也不管它是空白或者寫不下了
我就是會
捨不得丟

愛錯

牛奶口味的
黏鼠板上
沾了四隻蟑螂
卻沒有任何一隻老鼠

南迴公路

生命
就兩個字

南迴公路
有四個字
這麼長

完美落地

用你送的筆記本寫詩
用你送的播放器聽歌
用你留下來的假花
悼念死在窗台前的
那隻麻雀
希望你來生
能夠成為一首美麗的詩歌
不懂得飛也無所謂
只要你降落的地方
有人懂你就好

重要的事

有一些同性戀
如今大概也不在乎
能不能夠結婚了

比起一年
少了七天假
可以約砲來說

2015, 勞基法修正案

儘管如此我沒做過

法律之前
人人平等

是這個社會
最赤裸
也巨大的謊言

生日願望

希望下輩子是一支高端手機
這樣就可以被你保護得很好並且
能夠讓你一直盯著我看還能
使用超過兩年半

當一個同性戀

當一個同性戀
很可憐

當一個同性戀
的朋友
只剩下同性戀的時候
就非常可憐

愛情

秋天的風
有樹葉作伴
天上的雲
有太陽相陪
可是樹葉會被吹到地上
雲呢，有的時候
也會變成黑色的
然後擋住太陽

我不想這樣想
但是我也只能這樣想

難題

要是把世界上所有
流淚的人
關在一起

那暴雨的時候
這傘該怎麼撐

今天的我感覺難過

也許是冷氣壞了
也許是香菸抽完了
也許是貓咪又尿在地板上
也許是清掃時吹來了一陣風
也許是手機沒有電
也許是讓蚊子咬了一口
也許是白頭髮又長了一根

我可以想得到的理由
足以將近千百個
只是沒有一個
是和你相關

愛情

停電的晚上
嘴裡的煙被雨困住
許多心裡的話
擱在肺裡吞吞吐吐

手機螢幕
像受了傷的鐵捲門
開了又關
關了又再開
訊息給風吹得離我遙遠
我始終相信
石頭會腐爛
海水會枯竭

雨停了
眼眶就不會被浸溼
電來了
你還是會站在那裡

我們的愛情

是六輕駐廠以後的麥寮居民
不管留或走
都是苟活

傾斜的島

拆房子
和住戶無關

化工廠
和居民無關

核廢料
和蘭嶼無關

過勞問題
和勞工無關

說謊的市長
和選民無關

同性戀結婚
和以上的人
通通有關

沒有關係

我和你沒有關係
我愛上誰和你
也沒有關係

真的沒有關係
那晚你讓別人給操了
我也是說沒有關係

誤會

單身的總統
不正常

正常的市議員
結過兩次婚
家裡還經常會有
女孩子進進出出

連續假期的最後一晚

我們在床上
抱的時候就想要吻
吻的時候就想要做
做的時候就想要射
射的時候就想要睡
睡的時候就不想要
再醒過來

道歉的時候我們可以什麼話都不說

就只是
不停地吻
不斷地吻
一直吻到
你硬了
我也就原諒你了

醫院沒有吸菸區

一些煙友
姍姍來到門邊
有的吊點滴
有的坐輪椅
他們談到
菸捐又要漲了
還是
面不改色地
不願意咒罵政府
只希望這個颱風能夠
趕快離開

2016, 強颱莫蘭蒂

愛情

我可以愛上你
我也可以愛上別人
我可以上你
我也可以上其他人
我可以約一個砲
我也可以睡一根雞巴
躺一晚我不認識的床

不管他們是不是真的愛我

我想成為一個自由的人

活著
想上誰
就上誰
死了和風葬在一起
哪裡有人開窗
我就往哪裡吹

再沒有人看得見我
就好像我還活著的時候
也看不見我自己的
未來
你們
也不需要難過太久
能夠和我的愛情一樣短
那樣就最好

思鄉病

每一年的二月
我都想到鹿港去

看看老街
看看古厝
看看摸乳巷
剩下我一個
還能不能
走得過去

最後來到玻璃廟
撿一地
的玻璃心
回家
慢慢拼

責任

是男人
就該當兵
是軍人
就該除草
是壯士
就該犧牲

寫給 800 壯士

那個男孩教會我的事

認識你以前
要有愛
我才能做

認識你以後
沒有愛
我也能幹

世界動物日

早餐吃豬肉漢堡
中餐吃雞腿便當
晚餐吃海鮮湯麵
下了班和狗玩
或者是逗逗貓
上網對臉書上
提倡領養不棄養的
動保團體貼文
按一個讚

最後睡前
想著明天早餐
到底該吃
培根還是鮪魚
蛋餅好

動物園裡的八卦

有一些同性戀
　走路像人
　吃的也是
　人的食物

　卻老愛吵
哪個是豬是猴
　哪個又
　不是熊

憐香惜玉

要是
男人和女人
的性器官
互相交換的話
我就會願意
做一個異性戀

只是一想到這裡
我就開始擔心
她們會不會
在操我的時候
抬不起
我的腿來

冬天的時候做愛

你房間裡的床
就像是一張
結了薄冰的河
你是槳，划我的船
一開始沒有
但是後來就翻了

愛情

我們的相遇和分開時候一樣
那麼地堅定
像一顆摔不破的石頭

石頭只是愈滾愈大
大到再也沒有人
能抱得動

愛情

看著我的時候
你的雞巴
抬不起頭

但是你說
你很愛我

致前男友

清晨的時候
我經常夢見你
也經常勃起
更經常想
用硬掉的雞巴
回到夢裡殺你

撿肥皂

並不是所有的 Gay
看到屁眼都會想操

溺愛的渴望

真希望自己
是一隻
嬌生慣養的貓
這樣就可以
盡情地打破
我不在乎的東西

並且
傷心難過
不必吃自己
哪怕是
心碎了一地
也都會有一個人來
替你收拾

愛情

乾燥以後就
不再懂得開花

結果
你也只是經過
我們沒有未來

故鄉

我看見田野
和那些曝曬在路旁的花生
頭頂飛過一群賽鴿
我看天空

他看見漁船
和那些逐一戴起口罩的人
政府給了一筆補助
他看醫生

寫給雲林沿海

有智慧的人

婦人在捷運上
發瘋似的
持刀見人就砍

另一節車廂的乘客見狀
紛紛拿出手機
隔著玻璃
按下 REC 鍵

2014, 鄭捷案

雞

我是一個善良的公民
我們都一樣
會在性交的時候
把門關上

寫給性工作者

愛情

夜晚走在公園裡
天頂的一盞月光
穿過你的胸膛
促使我的倒影
和你的影子
能夠相互擁抱

雖然沒有聲音
卻依舊燃起
冬日的火
照亮世間的黑

許多的路燈熄滅
像是雨才剛剛來過
我會不會又忘記了
我們來時的路
在一片黑暗之中
你喊我名字的聲音
是如此的響亮

同志友善城市

警察要求你
帶上自己的人權
到沒有異己的地方
再進行自拍

2017, 四叉貓麥當勞事件

同一個答案

釘子戶的家
關廠工人的命
街友的明天
原住民的土地
李明哲的自由

和胡大剛的甩棍一樣
都是撿來的

2017, 台大中國新歌聲事件

愛情

你最近好嗎
我有的時候
總會想這樣問你
更特別想要
用觀落陰的方式
來問你這個問題

愛情

從無話不說
到什麼話也不說
現在
我們連按讚的機會
也都沒有

護家的人

我的眼裡
有愛
沒有愛人

他們的眼裡
有愛
沒有人

我傳了一封訊息

我傳了一封訊息
給曾震翔
他馬上就回我了
他告訴我
他正在和男友慶祝
交往三週年
吃的是我推薦的私房餐廳
他還問我
你呢
你在幹嘛？
（附上一個擁抱的貼圖）
我真的很開心
真的
很開心

兩者

婦女說
健康捐應該漲到 100 元

抽菸的人說
奶粉
油、電價
學費
都不要再漲了

愛情

你可以是薄冰
你可以是火焰

你可以是萬重山
你可以是倒塌的

你可以是萬能的藥
你可以是乾枯的河

你可以是指北針
你可以是破碎的

你可以是美夢
你可以是遠方

默契

爸爸病了
媽媽病了

他們和你一樣
要我好好
照顧他們
更要好好
照顧自己

世上所有的事情都是來來去去的

像開好的花
結冰的河
像風
像雨
像你

愛情

海洋是永遠的
月亮是永遠的
流星依然每天都會墜落
在一個我永遠到不了的地方
生生不息
久久長長
我經常向它許願
希望你被困在那裡

這是我寫過最悲傷的詩

男朋友的陰莖
和這首詩一樣短

無題之四

走了好多年的這條路
經常有幾個窟窿
總是補好了又補
而補不好的我們
能閃就閃

最後覺得
路補不平就乾脆換一雙鞋
而想要繼續行走
才又發現
新買的鞋
容易咬腳
容易到
連跨出去都還沒有
腳就已經疼

你的存在對我來說就是一種折磨

雖然被你封鎖了已經
卻仍想給你發個短訊

我們

有些東西
冷藏
都會過期

更遑論
那些長年曝曬在陽光底下的

朋友的朋友

我的朋友
是一個胖子
他的朋友們也是
他們不喜歡和瘦子交朋友
每一次他們出門
看起來就像一家人一樣

把臉書的生日提醒關掉

那一天
就會像是我的忌日
沒有人願意提起
這種悲傷的日子

遇見你以後的事

深夜走在路上
馬路是歪的
河流是歪的
就連寫詩也都是
歪
的
應該清醒的時候想睡
睡著了以後又幾乎像是醒著
心臟跳個不停
像一只渴望有家
蜷曲在橋墩底下的流浪貓

對我來說

上帝就是一根
巨大陽具的化身
不插陰道與肛門
只插那些
頭腦有洞
的人

勞基法

最初是一把鈍掉的刀
國家將它修利了
就用來殺你
若真不幸死亡
還不能夠說你是過勞

誰叫你
原本就是軟的

寫給林靜儀

對話

你說
我是你
最好的朋友

我說
那最好
不要再見

我不是一個浪費的人

所以做愛的時候
我總是舔得很乾淨

愛情

愛上你是一件痛苦且要人命的事

舉例來說
幾週沒見著你
就已經快要
把我給想死

以小博大

許厝分校的學生有 56 位
六輕有 398 根煙囪

並不

髮型師和推拿師最後還是
不約而同地問了你的近況
我告訴他們也
假裝你一切都好
只是很忙
而已

後來
回家的路上
雨就開始
下得很大
我突然覺得忘記帶傘
而淋雨買晚餐
也並不全然就是一件悲慘的事

至少
買單的時候
老闆娘看不見我哭

如果屁眼是一張嘴

花言巧語
天花亂墜地
把一世的情話都給說完

你聽得一愣一愣的時候
還會不會嫌它髒

影響力

電視新聞說
白開水有亞硝酸鹽
糖果有咖啡因
牛肉有瘦肉精
飲料則有塑化劑

媽媽叫我以上的東西
都不能吃

兩年後
我餓得把她給吃了

愛情

我總會在想起你的時候
記不得今天是星期幾
是星期五的晚上
或是星期一的早晨
對我來說
還有意義嗎

工作的時間長短
你的城市下雨不下雨
上一次親吻的時候
有沒有睜開眼睛來看著對方
這些對我來說
還能有什麼意義嗎

你不愛我了
我也開始變得
不想愛惜我自己
就日夜盼著你能夠早點死
同時也希望自己活得不長

愛情

在我眼裡築起一道隱形的牆

當你長得愈來愈醜
雞巴卻還是一樣小的時候
我也仍是
相當愛你

愛情

沒有你的地方
是最深的谷底

我生活中的
　每一步
都是一躍而下

愛情

饋貓想到你
吃飯想到你
工作想到你
旅行想到你

就連作夢都
夢見你是鬼
來向我索命

我不喜歡台北

它的房價
氣候
人群
雖然我覺得
好看的男孩子
都住在那裡

而我曾經
交往過的人
也是

只是我再不喜歡他了
就像我不喜歡台北一樣

現代孝親故事

爸爸年輕時
喜歡釣魚
但是我小時候
只喜歡音樂與電腦
我們家三個孩子
從來就沒有人
能夠陪著他去釣魚

他老了以後
開始學會使用平板
玩「釣魚大亨」

我就用信用卡
幫他從精品商店裡
買了一些
禮包和鑽石

洪流

他們說
時間會沖淡一切的
無論是
傷心欲絕的愛情
泡在水裡的眼眶
還是家園

煙裡

思念你的時候
我就經常抽菸
更經常想像
你是住在
煙裡的
煙裡有害的
煙裡有你
煙裡有風一吹來
我就哭得傷心

愛情

你在打呼
我在失眠

你在傘中
我在雨裡

暗戀

我是一座橋
你每天上班經過我
約會時經過我
吵架以後經過我
喝醉酒了
開車
經過我
撞死在五米外的安全島上

苦口婆心

我抽了十多年的菸
而你從來不抽

30 歲以後
我的肺活量明顯不比以往
健康也跟著亮起紅燈
你勸我把菸給戒了

41 歲那一年
我在你葬禮上哭到不能自已

愛情

有很多事情
通常都是
我問
你說
更多的
是你不願意
讓我知道

這麼多天了你大概
早就已經知道
我不愛你了吧
我不知道
我也不想
讓你知道了

屬於

偶像有包袱
乘客有打火機
孕婦有一把傘
每個人的身上總有一些
別人沒有的東西

我很愛你
而你沒有

愛情

我愛你
像一個想死的人
愛上一副棺材
失去你以後才知道
原來
我也可以
活得如此輕鬆

睡前的五通電話

早上十點
台新銀行打來
問我需不需要信貸

下午四點
中華電信打來
催繳我的過期帳單

晚上十點
護理人員打來
說奶奶死了
你們準備來接她回家

午夜一點
男朋友打來
我在死人旁邊
和他說了許多人話

清晨五點半
我打給早安美芝城
和他們說
漢堡蛋不加小黃瓜
大杯的冰豆漿
待會去拿

我就站在這裡動也不動

曾經有一場雨
穿過你的透明
下破你的衣裳
你脫下以後就沒有再穿

後來
日子變成針線
一天天縫縫補補
它始終掛在這裡
和春天約定好
季節替換的時候
會有那麼一片落葉
終將不偏不倚地
只降落在
它的肩線之上

我的墓誌銘

同性戀不能夠結婚
我們就和異性結
面對嘲笑
我們就把自己
當作笑話
環境不夠友善
我們能躲，就不要閃
這些都算不了什麼

勇敢的活下去吧
再勇敢一點
只要再勇敢一點
就不會有人害怕死亡

叛逆

我從小接受異性戀的性別教育
後來就變成了一個同性戀

愛家公投

十字路口的反射鏡
提供給轉彎
和直行的用路人

但是撞壞它的
每一次都是
停車的人

愛情

時間走在你搭上車之前
我們通常開心
笑得彼此眼睛
長長的像是
通往月台的手扶梯

然而這些開心的事
在我後來卻經常理解成
不同的來由

有時是因為我們相愛
有時是因為我們別離

一輩子

一輩子要
一輩子應該
一輩子又如何
一輩子還沒能活完
我們的旁邊都有人
只是已經不是我們

愛情

等紅燈
等驟雨停
等電影開演
等餐點到齊
等你到家

等手機螢幕上
跳出一個紅色的 1

不夠

我們說得不夠
我們做得也不夠
我們把路走到很長
長到一個青年
都已經可以
參與投票的時候
十八年了
死掉的娘娘腔
也才就那麼一個而已

記臉書上某網友的留言觀後感，節錄：「想讓自己的小孩沾染同性戀惡習變成愛滋病高危險群沒關係，不要動到我們其他家長的小孩教育，只不過是死了一個娘娘腔就要把全世界的小孩教育成同性戀？理盲、濫情、隨波逐流罷了。」

宿命

有些人
這輩子注定會相遇
例如你和你現在的女朋友

有些人
這輩子注定不該相遇
例如你和你現在的女朋友
肚子裡的孩子

韓國瑜就是一根純零號的騙砲雞巴

看起來很大
但是不能操人
還到處說自己不分

兩種解釋

愛我嗎？

沒有不愛啊
你這樣說

沒有，不愛啊
我卻總這樣想

真愛

其實為一個人搬家
也並不能夠說明
這就是我愛你

除非
我能夠住進地府
而你也願意
為我去死

想

一個殺了人的罪犯
想了千百種死亡的方法
在即將決定的時候
他突然想吃母親燒的菜

有一些事是沒有辦法改變的

比如山海
比如月亮
比如 Gay
比如台北的夏天
總有那麼幾場雨

而坐的時間一長
腰椎就容易痠痛

人老了記憶力會開始衰退
但總還是會有一些人
是你見過　就再也忘不掉

幻想式 3P

你看著他的照片
一邊手淫
一邊拉屎

你真美

你美得就像仙
而仙就理應是住在天堂
可是我只想生活在人間
那裡，對我來說
是死人才會去的地方

住在隔壁的婦人

住在隔壁的婦人
最近在裝修
他們四樓高的透天厝
每天敲敲打打
持續了兩個多月
花掉一百多萬

那個婦人
總是在村裡
開著一台高球車代步
還有買雞蛋的習慣

有一次
她向我買雞蛋
打破了一顆
卻沒有告訴我

還有一次
她買了 101 元
後來只給了我 100 元
我還說
沒有關係

祕密

月亮彎的
像個笑臉
對我來說
傷心的人
覺得它像
一把彎刀
就算離得遙遠
看著
都會流血

失眠

我蓋棉被曲著身
你上摩鐵張著腿

數典忘祖

後人乘涼
前人種樹
死人
用來施肥

寫給鄭惠中

娘家

我的哥哥
結了婚
五年之間
有了一個女兒
而他的老婆
瘦得像一根掃帚

他們偶爾回來
一起掃地
然後嫌這裡髒

景氣

降低售價
增加購買人氣

調漲菸稅
減少吸菸人口

行

新買的鞋
圓滾滾的
和你很像
走久了
會痠　會痛
但是很快就能夠習慣

我後來開始意識到
想像把一個人踩在腳底下
是一件令人開心的事

開心到吃不下飯
也睡不著覺
露出牙齒的時候
眼淚還會跟著流

這裡沒有路燈

這裡沒有路燈
倒不是被風給吹熄了
而是本來就沒有
這裡也沒有
其他的同性戀
除了我以外的

這裡沒有路燈
星星映在我的眼睛裡
也就特別地多
而那些肉眼看不出來的
據說每一日
都還是數以萬計

這裡沒有路燈
所以我們仰賴手機
讓視野能夠看得更加清楚
沿海的一片蒼茫
或突然閃爍的星

這裡沒有路燈
我能夠將數字從零寫成一
或者是脫掉上衣
方才看得見
那些除了我以外的
只是他們通常距離我遙遠

短詩

我寫的詩普遍都短
我交往過的陰莖也是

但是
我愛我的詩
而我也曾經深愛過他們

孤獨的斷句

有沒有人
想要跟我做朋友
有

沒有人
想要跟我做朋友

正確的人權宣言

人人生而平等
（同性戀不在此限）

相親相愛

Google 與 Yahoo
Samsung 與 Apple
民進黨與國民黨
北韓與南韓
貓與老鼠
爸爸與媽媽

我不要

我不要你誠實
我不要你單純一些
我不要你為任何人改變
我不要你變成我想要的樣子

就算你變成了我想要的樣子
那我也不要你

蛤

你不相信這個世界上有鬼
尼斯湖有水怪

卻願意相信政府
總有一天會給你好的生活

身後煙

沒有愛
可以做了
只能無時無刻地燃
一天一天燒光
剩下沒有你
我死掉的壽命

平視

仰望彩虹
雖然得抬起頭來看
我們卻從來不覺得肩頸痠痛

真希望能夠有一天
它是生長在平面道路
而不是天空

就像你們
是如何輕鬆看待
蟑螂那樣

2016, 謝啟大 「蟑螂」 說

關係

小時候
媽媽盯著我
無時無刻,
跌倒了
她說沒關係

長大後
我回家看她
一年三次,
取消了
她也說沒關係

阿雅

阿雅，
來自越南
她曾經照顧我的奶奶
長達三年
三年是一千零九十五天
兩萬多個小時
她經常對我說
她很想念她的小孩

在她離開的那一天
她笑得比平常都還要開心
甚至和每一個人擁抱
而仲介的臉上
也同樣掛著一道笑容
並且還問我們
要不要檢查
她的行李

三十歲以後

睡眠品質
就開始下降
皮膚狀況
也愈來愈差
一雙腿
經常禁不起走
能夠坐著
就不想要站

經常遺忘很多
應該牢記的事
但對於那些離開我的人
卻怎樣都永遠記得

同性戀結完婚

父親節不會不見
爸爸更不必跳太平洋
未婚女孩白天墮完胎
晚上還可以去過母親節

地位

你的天空是藍色的
白雲也是白的

但是我的比較近
你的比較遠

寫給鄰居養的狗

不孝

你長大
搬到了另外一個地方以後
就經常站在
這個遮蔽也拉拔你的
鐵皮屋簷底下說

我有空的時候
會再回來

半世紀的我和你

搬到一個
時間比地球
慢十倍的地方
住上五年

回來以後
帶著青春的風
吹向你
年邁消瘦的墳

九月教室

你的屍體
透過他們的每一次轉貼
都像極一把鋒利無比的刀
將你剁得更加粉碎
你不願被如此下葬
就選擇攤在陽光底下
逐一撿拾這些僅存的屍塊
將它們化作七彩的糖
分送到這些人嘴裡
這很珍貴
儘管不容易
但你仍願意給

我們都知道
你就是扮演一個
不想得罪顧客
的好好老闆娘

我們也都知道
糖本身會是甜
這和流血的人會痛是一樣
不需要學校來教
我們自然就懂

2015, 輔大心理系性侵事件, 致巫同學

首善之都

把遊民驅離
就看不見窮人

多種幾棵樹
劃上禁菸標誌
就聞得到新鮮空氣

1993 年

小時候
總是想要趕快長大
長大以後
當一個什麼
或者是做一個
有用的人
32 歲了
我還沒能當上什麼
也不知道自己
有沒有用
實在是很想回到那個
還不懂得手淫
更不知道愛情
和謊言
有多麼傷害人的
小時候

1993 年
陳定南還沒有死
六輕也還沒有來

他沒死，我都要先死了

結婚的時候
未來就麻煩你了
生孩子的時候
照顧他們就麻煩你了
麻煩了你將近一生
即便是在我生病的時候
明天的太陽
也得你背著我去看

回家的路
因為我
而變得顛簸
沿路的風
吹過我身體裡的洞
都使得你向前的每一步
更踏得無比歪斜

都說生病是一件極度麻煩的事
麻煩到我不想再活下去
為了讓你的腳步更加輕盈
我這慘重又沒有用的生命
就麻煩你留給我自己完結

記《南風》中已故李文羌老先生

我的故鄉

對他們來說
是窮鄉
是僻壤

是安置流浪狗最好
卻是連鳥都不願意
拉屎的地方

我愛我的故鄉，而它應該也要愛我

我愛我的故鄉，而它應該也要愛我
雖然它同時也謀殺著我

讓我的呼吸都變成了致命
讓我的餘生都變成了企業罰鍰
讓我的薪水都變成了醫院所開出來的看診收據

我不知道海鳥和年輕人分別去了哪裡
也不知道為何海風總是吹來危險
更加不知道為什麼故鄉總是要謀殺著我

但是我知道
我愛我的故鄉，而它應該也要愛我

寫給雲林縣麥寮鄉、彰化縣大城鄉台西村

一些瘦弱男同性戀的愛情觀

努力
讓自己
吃胖一點
才能有足夠的力氣
把腿
抬得更高

最簡單的例子

異性戀就像一支鋁製球棒
你怎樣都掰不彎

寫給張守一

遊行

平常的他是汽車銷售員
西裝筆挺的
人家都管他叫威廉

每一年的今天
他不再是威廉
他是奧黛莉赫本

一樣的悲劇

男殺女
垃圾、人渣

男殺男
噁心、變態、垃圾、人渣

2017, 台大潑酸事件

宗教信仰

如果同性戀會傳染的話
那我願傳染給陳科神父
然後等他操完我之後
再來問他爽不爽

互相

我一邊操你
一邊替你手淫
你一邊滑手機
一邊預訂
情人節
要去的餐廳

胖子感冒

病得
不輕

我對愛情的七種想像

〈單行道〉
我逆向
撞上去

〈時差〉
我愛紐約
你哈韓

〈吸塵器〉
我在牆角
你是懶惰的人

〈換燈管〉
裝上以後
變壓器壞了

〈iPhone 5〉
跑不動
iOS 11

〈魚刺〉
卡住的時候
大部分也只能吞下去

〈智齒〉
因為痛
所以拔掉

原來

沒有流血
就不會知道傷口
總有一天是會癒合

就像雨
不是鹹
這也是在我淋過雨之後
才知道

頭七

分手第七天
我又重新燃起了菸
儘管覺得臭
卻還是拼了命的燒
而燒不完剩下來的那些
我就當成是香
一根根整齊擺在
你走時經過的那個台階上

還希望你還魂的時候
不要踩到它

觀念

六輕設廠的時候
我沒有聽見任何反對的聲音
一直到高鐵站落成以前

後來我才發現
原來有許多的人
都覺得
自己的時間
要比別人的健康
來得重要

記 2015 年雲林高鐵站落成遭反對聲浪

浪費

吃不完的食物
不打包回家

一個男同性戀
屁眼只用來拉屎

我是一座森林而你是一只鳥

鳥通常是需要遷徙的
也必然渴望自由
所以哪片森林
夠大
樹

幹
特別粗

你自然就會
往那裡去

愛情

送你回去的時候
希望你買到的每一次車票
都會是當天的最後一班

笑點一樣高

政治家說
政見未兌現願捐出薪水

王永慶說
六輕比你家廚房還要乾淨

護家盟說
我們沒有歧視同性戀

前瞻計畫

我挑了一盒水梨
去醫院探望奶奶
她只瞥了一眼
就叫我全部帶回家

我也是早就已經知道
她會這樣說
所以才會一開始
就挑我愛吃的水梨

心動

我是樹梢
而你是風
我看不見
也碰不著
卻仍經常性搖晃
在你向我吹過的時候

三溫暖

擁擠到
像是一個火柴盒
每個人都喜歡
把頭露出來
一根根站得筆直
等人來摩擦
誰來
都好

只要能夠點著
他們就會去到
更亮的地方
繼續發光
繼續發浪

繼續直到
所有的磷都再也
擦不出火來才
甘心被
丟棄

他們以為

我有一個住在台西的朋友
在做蒜頭生意
他的小孩已經六歲了
每天帶著便當上學
要吃的時候
就把口罩拿下來

去年的蒜頭市場崩盤
一斤只夠賣 12 塊
每逢城市裡的人到來
便會笑著撿便宜

他們以為
這叫做人情味
就好像鄉下的空氣
比起城市
更好
也都只是
他們以為

完美的演員

去年的這個時候
我們還有萬聖節
今年什麼都沒有了而我仍想扮
扮一場驟雨
給今天下
給我們下
給空蕩蕩的南瓜燈下

直到所有的雨水
從雙眼漫出的時候
我始終希望
還沒有人能夠
幸運地扮演
你的屋簷

愛情

我愛你
雖然我經常不能夠明白
它應該得要是什麼模樣
像一些沙塵
吹進我的房裡　我的肺裡
不知為何地呼吸
在我熟睡之時
卻又像極死去的時候
突然慶幸
還能夠聽見
一些聲音
噗通噗通

愛情

許多的風吹過
也就只是吹過
它不會記得
有誰曾經因它傾倒
也從來不會知道
有哪一片葉子
又是在何處落腳

它或許渴望
本應是為一片草地
可多半卻是些
積水的地方

並且陸陸續續
會有一些人踩過
但也就只是踩過

愛情

抽了一口煙
當煙霧散去的時候
只會需要三秒鐘的時間
但是那種味道
會在嘴裡和指縫間
停留三個小時
或者更久

默契之四

我有多愛你
你就有多愛我
你活了多長時間
我就恨你多長時間

我將城市裡的雞巴都讓給你坐

你的屁眼就拉了一場繁華的雨

孽緣

你對你的男朋友說謊
後來你們就吵了一架

在聽過無數次的我愛你之後
才發現原來那個謊言是我

無題之五

愈小的人
我們說
他們是國家未來的希望
他們希望的
國家給得起

只是
較大的人
他們為了尊嚴
所以普遍都不肯
也不願意給

2016, 軍公教九三遊行

你就是一個死去的人

把所有和你有關的
照片、票根、號碼
一幅畫或者
一句詩歌
通通燒給空氣
因為對我來說
從那一天起
你就是一個死去的人
也大概正是因為這樣
我才會連呼吸
都喘得如此傷心

觀光客

我們一開
你就闖進來
離開時
靜悄悄地
連到此一遊
四個字
都禮貌性的
不願意留

關心

還是偶爾想要
在臉書上
搜尋你的名字
不是為了知道
你好不好
就只是想要確定
你仍然活著

我打了一通電話

我打了一通電話
給曾震翔
可是沒有人接
後來我打了第二通、第三通
也還是沒有人接
在想念他的時候
我突然就想起來
幾週前
他告訴我
他的男友要來找他的事
他同時也告訴了我
他男友住在深圳
很有愛心
最近一陣子
也在外面
領養了一只狗
名字叫做露娜

水還沒有退

南部下了幾天的雨
人和動物
全都被困在家裡
汽車在水上行走
下來了一些勘災的人
他們一邊揮舞著手指
同時也一邊被人拍照片
這個時候的太陽
我是看得見的
只是我沒有辦法看得見
在他們之中
誰是沒有穿上褲子的
在水還沒有退以前

愛情

你不在這
馬路就是黑的
手機螢幕也是
這包含我的眼圈
實在太害怕黑了
就想趕緊回到家
點一盞燈
任燈去亮
我也就看得更加清楚
是真的
你不在這

心內話

異性戀做愛的時候
肛門感覺自己
像個廢物

遠方的政府

六輕的煙囪
遠看時候
像是一座摩天大樓
我經常想
在跨年的那一夜
爬到最上面去
放一些煙火
不知道他們
能不能夠看得見我

剛好

貓喜歡罐頭
冬天喜歡棉被
土壤喜歡陽光
音樂節喜歡夏天
上班族喜歡星期五
有些男人喜歡大海
你剛好有像海洋一樣的眼睛

一個陽光普照的下午

我們在納骨塔裡
看著一張張的照片
臉上總是掛著笑容

他們笑得就像
死亡對他們來說
是一件令人感到開心的事

愛情

是吃飯的時候咬到舌頭
流血會吞進去
痛也只有
自己知道

照鏡子

瘦子說他要減肥
胖子說他褲子變小了

女人說她沒化妝
男人說他今生只愛妳一個

愛情

你在山裡
我往山上去
你在海底
我就向海裡走

你住在草原
我便不會飛
你去到城市
我即告別故鄉

你若是活著
我不會死

而我死的時候
也必定是因為
你早已不在人間

聽媽媽的話

成績是錯的
染髮是錯的
抽菸是錯的
學校是錯的
紋身是錯的
就連你的工作
也是錯的

我說媽媽啊
你就讓我對一次
行不行

難道同性戀
也是錯的嗎
媽媽這才說了對。

下輩子之二

變成你最喜歡的樣子
然後不喜歡你

城市的遠見

為了讓社會更加富有
他們搬離公園

為了使房價不再下跌
他們住進地下道

為了讓身體暖和一些
他們蜷曲著睡

一具一具
排列整齊地
像是沒有家屬
前來認領的無名屍

事後

你走後
愛情就長成一片草

我走進
才發現你原來
不是馬

愛情

我拎著一個破洞的塑膠袋
走了三個月這麼長
直到它輕得像一只羽毛
我才發現所有的重量
全都是來自垃圾

我貪心

訂兩張門票
吃兩份晚餐
買兩件襯衫
不管它們
是不是
買一送一

就連住在單人房
枕頭也得
用上兩顆
連床都是
雙人加大

看完花甲男孩以後

看完花甲男孩以後
我也很想回到十年前
打一通電話
給當時的你
因為十年前
我們還不認識
所以你一定會接

愛情

兩個字
就這麼短

愛情

不對時的水果
看起來真好吃
但也就只是
看起來

當上帝關了一扇門，必打開另一扇窗

我的鬍子雖短
身高卻很長
阿義的薪水不高
卻與生俱來特粗的陰莖
他擁有一個穩定的性伴侶
嘴巴吞不下一只拳頭
但是塞屁眼卻可以

如果我們能夠是兩粒貓砂

我衷心希望
你是沾到屎
而我
是不小心
被撥出去的那一粒

勞工日記

媽媽要我多放些假
好能夠陪陪她
而當不成媽媽的
和別人眼睛裡的爸爸
卻要我
多做一點
當作陰德
真的要放
放放
錄音帶就好

寫給邱議瑩、賴清德

時間的重量

嘹亮的九月
日子又被撕掉了一頁
停放在門口的那張藤椅
和月圓時所留下來的黑色炭木
最終都成了
我和孩子們的共同鄉愁

日復一日
川流不息
想念的事情過去很多
應該忘掉的
明天也從未減少

要說時間是什麼的話
更多會是良藥苦口
只是偶爾亦作為一把鈍掉的刀
總在規律的季節隱隱作痛
留下切不斷的滿身傷痕

寫給堂姐

高尚的雞

用吸過別人雞巴的嘴
和手淫過的食指
來指責
性工作者有礙社會善良風俗

我是在冬天的時候遇見了你

很快地
春天就提前
把花都給開了

```
        韓              瑜
        國      瑜      國
          國          瑜
           瑜      韓
韓國瑜韓國瑜韓國瑜韓國瑜韓
韓                           瑜
國    國瑜韓國瑜韓國瑜韓    國
瑜    韓國幹幹你娘幹國瑜    韓
韓    國瑜你幹你娘你韓國    瑜
國    國瑜娘幹你娘娘韓國    國
瑜    國瑜韓國瑜韓國瑜韓    韓
韓                           瑜
國瑜韓國瑜韓國瑜韓國瑜韓國
```

你走了以後

你走了以後
我房間的擺設
就完全沒有動過
New Order 的海報還在那個位置
任航的書也靜靜躺在袋子裡
窗簾還會在每天的清晨六點鐘
開始透進光來
而幾隻貓睡覺的地方
仍不乏邊櫃，或者是床尾
唯一的不同
是那一張
我們都知道
當時為什麼要笑的照片

從正面
變成了反面。

心機

我經常告訴別人
哭不能夠解決問題

但是我經常告訴我自己
哭一哭就會沒事了

你的土地不會傷害你

你的土地不會傷害你
所以你可以赤腳
站在這裡

二十年過去
它早已逐漸長出
蠻橫的刺
白茫茫的煙底下
也從來就不是滾燙的水

你的孩子
都大學畢業了
他們如今也不在意
拂過臉上的風
是不是涼爽的
他們更在意的
是你們的健康
和不乾淨的器官

你的土地不會傷害你
如今
你站在這裡
踩著雨鞋
這樣告訴你自己

習慣

每一次和陌生人上床
我都希望他背對著我
因為只要我不記得他們的長相
就好像什麼事情都沒有發生過一樣

一生

有些人的一生
寫成五十萬字的
長篇小說都不夠

有些人的一生
11 歲發現自己是 Gay
13 歲跳樓自殺

兩行
這麼簡單

道行

計畫性的出遊
做著同樣的事
甚至買了相同品牌的茶水
試著營造出戀人一般的感覺
可是你訂了一間
有著兩張單人床的雙人房

愛情

你記得回家的路
離開時卻忘了把我帶上
只留下一把沒用的傘
眼看嘴裡的煙就要抽完
手機卻仍無聲地像塊磚
再也沒有車子會經過這裡了
夜晚將鐵門拉下
我盯著那些難聽的話
眼眶就不斷地開始下雨

我忽然想起
那把沒有用的傘
始終倔強地立在角落
像是一句未曾發送出的抱歉
一點都派不上任何用場

世界很大

我們
有時很遠
有時很近
像天與地、深海和槳
像一些雨水
最終滿載而落下
滲進土裡
開出遍地的花

新生兒

伸懶腰的時候
我覺得自己
像是一個即將臨盆的孕婦

每一次做愛
都深怕我的孩子
會不會就這樣
被操了出來

愛情

你是豔陽
我是土
鈔票是雨
愛情是一朵
開好的
白色的菊

那天下午

你笑起來的時候
眼睛瞇成一條線
像是筆直的 78 號公路
站在大太陽底下
我總是不知道
你眼睛裡
是看我
還是不看我

我們的官

不僅吃飯不用付錢
房子拆了也不用負責任

2013, 大埔事件

捉迷藏

天空這麼大
月亮和雲在玩
不一會就找到了
台南這麼小
我和你玩許多天
也還是沒能找著
我想要打電話給你
告訴你
我不想玩了
但是你沒有接

棺材

焚化爐的背面有山
化工廠的前面是海
我的故鄉背山面海

我被葬在這裡
已有三十餘年

寫給雲林

你說

你說
你要等我
你說
你不會離開我
你說
我住的地方
就算再遠
有風一吹
你都會跟著回來

後來我們
什麼都沒有
也什麼都沒能說
我只能將你當作
一隻鳥
一隻嚮往自由
但是糊塗的鳥

你從來就都懂得飛
你只是不認得
來時的路

功能

罐頭食品
被擺在架子上

一些用來被買走
一些用來過期

想到了死

我就想到
奶奶的冰櫃上
曾經住過一只黑灰色的燕
每當牠從靈堂裡飛出去
消失在沒有路燈的天空中
就好像一粒胡椒
掉進了一盤墨魚麵裡一樣
而想到了墨魚麵
我同時也就
想到了你
想到我們的愛情
我不知道
應該要怎麼辦

今天晚上想念你

今天晚上想念你
但是昨天沒有
明天我不曉得
大概就只會是
今天晚上
我把照片拿出來看
也把一張張的展演票根
通通攤在桌子上
想放一張 CD
在你送給我的播放機裡
它沒有讀出來
差不多是壞了吧
我早就已經說過
山寨的東西容易壞
你就是不信
這下好啦
我應該拿它怎麼辦
你能打電話告訴我嗎

石沉大海

你有照片嗎？
有。

（噗通）

那又怎麼樣呢

這裡白煙這麼多
烏雲看得見嗎
它看不看得見
這裡的人
從來都是渴望雨水
下過以後
才會出現的藍天白雲
儘管雨水是不乾淨的
那又怎麼樣呢

飄散在空氣之中
長達數十年的器官
他們也知道那都是髒的
那又怎麼樣呢

視線所及只能剩下煙囪了吧
或許還有一些生病的作物
大醫院蓋好了
擁有便捷的網路掛號
那又怎麼樣呢

2018 年的秋天
王永慶逝世十周年
他的女兒
在電視上懷念他
但是，那又怎麼樣呢

不散

想看一場電影
結束的時候
等演職員表播完
再走出去

不為別的
更不管它
是不是會有彩蛋出現

初戀之二

姪女走路的時候
踉踉蹌蹌地
每一步都踏得講究
跌倒受傷了
她不知道
是什麼原因
就只是哭
也只能哭

偏心

如果我的心房
能夠有一扇窗
我就想要打開它
然後往下跳

飛起來的話
就當自己是一只比翼鳥
只願意在
戀人的頭頂上
拉屎
拉的還是
心型的屎

舊照片

媽媽的房間
有一疊舊照片
昨天晚上
我把它拿出來看了看

照片裡面
爺爺還活著
奶奶也健在
媽媽很年輕
爸爸很健康
哥哥很小
我很小
弟弟也很小

那個時候
六輕還沒有來
隔壁的公園
有一棵大榕樹
經常有小孩
在上面
嘰嘰喳喳

火燒山

在水泥叢中的草原裡
一個女孩被狼給吃掉了
幾天以後
女孩走了
狼也走了
憑著這點鮮紅的味道
草原上
來了另一批人
他們點火
將之引燃
只是沒有傷心
更多的都是憤怒
火燒得太大了
可該怎麼辦
動物們開始紛紛往外逃
這次沒有看見狼
倒有幾隻兔子、山羊
流浪的土狗
和燒成乾的三花小貓

寫給 120 草原自治區

翻譯

LOVE
IS LOVE

歧視
就是　歧視

人妖
就是　人妖

2017, 侯怡君「人妖」說

九月六號

禮拜天是妳女兒的生日
我答應要帶他們去台中
騎腳踏車
同時也去
看看山　看看海
看看一大片的草原
有沒有妳
當然知道肯定是不會有的
就想像妳是不是早就已經
長在土裡
化作草原

所以當他們跌倒的時候
也自然都不會再
感到疼痛
九月六號
是妳的生日
我知道你喜歡但
我還是不想跟妳說
生日快樂
因為我知道
妳一定一直以來
都和最近的我一樣
既不快樂
也不想
得到別人的祝福

寫給堂姐

不留

想要把我的壽命
一些分給爸爸
一些分給媽媽
這樣我們就可以
在差不多歲數的時候
一起死去

就算有其中一個先死
也不至於會
傷心太久

我的爺爺

我的爺爺
從小就對我很好
媽媽說
他經常載著我
去買零嘴吃
還要我
不要告訴她

那時候的天氣
總是長得很具體
藍天很藍，白雲也很白
我總是想著
或許有哪天
我能夠搬到雲裡去
帶上爺爺
也不要跟媽媽說

不久以後
媽媽告訴我
爺爺搬到雲裡去了
沒有帶上任何一個人
在這之後
我就經常想
是不是因為他
太過於自私了
才會讓每一個大人
都這麼討厭雨天

愛情

沒有任何屋簷能乘載你的雨
沒有任何渠道會流進我的海

我不是一個負責的人

所以做愛的時候
我總是射在屁眼裡

在一個黑夜裡

我們親吻
從床上
到車子
開在馬路上
馬路
愈來愈小
小到我幾乎
都要看不見
明天的路

川流的信息
像雨一樣
失去聯繫
黑夜把路燈關上
雨刷擦去了眼前的淚

擁抱的時候
我們是那麼地用力
像是我們都將
活不過明天

祕密之二

每一個人身上
都有一件事情
是你不會知道的
就像是昨天晚上
那個身材壯碩的男子
陰莖勃起的時候
有 14 公分長
可是我卻不知道
他叫做什麼名字

好評

曾經我在網上
用一個背包
交換了一件衣服
而那個原主人
將它保持得很好
在他的實穿相片裡
胸是胸
腿是腿
衣服上還有
一股很重的木質香味

愛情

開始把閱讀一本書的時間
從三天給拉長到兩個多月

快樂是自找的

對著手機
談戀愛　也說情話

真希望它的未來
能夠被作成一根
雞巴款的樣子

傷心　難過
特別是吵了一架的時候
就把它往屁眼裡塞

等到氣消以後
再巴著你
給我打上
幾通電話

三十歲的夢想

繼續做
一個同性戀
然後
用我的性取向
把你們
通通殺光

2016, 李天柱「同性戀滅絕人類」說

從今以後

我讀我的詩
做我的夢
你走你的路
睡他的床
再沒有任何東西
能夠為你留下
例如照片
例如眼淚

死刑

自殺不能解決問題

但是有很多的人覺得
交給政府來殺就可以

忠告

老一輩的人
都覺得男人
抽涼菸
會陽痿

所以他們
抽一堆
不涼的菸
死於肺癌

我生來就跟你不一樣

我生來就知道
自己喜歡男生
勝過女生
也喜歡屁眼
勝過逼
這是我
早就已經知道的事
不需要別人來教

我和你不一樣
卻也和你一樣

我們一樣擁有大腦
只是我懂得用
你卻需要別人來教
而我沒有好下場
到處約砲
你也是離婚收場
沒逼可操

寫給林國春

勞工就是一條上了年紀的陰莖

軟的

差別待遇

在告白的時候
我們都需要勇氣

但牽手的時候
我還是需要
可你不必

寫給異性戀友人

家家有本難念的經

我們家也有
我只是不知道
它難不難念
因為我從來就看不懂

愛情

你渴望擁抱
我的雙手
就張成一片海洋

你想要親吻
我的額頭
我便會把頭低下

你說台灣的天氣
冷得多
人也熱情得多
你很喜歡這樣
也喜歡那樣的人

我還沒能明白
你也就只是看著我

用你的眼睛
是你的眼睛
看著我

愛情

他們看見的愛情
像一朵綻放的玫瑰

摘下來送給對方
不出一個星期
花就萎了
這是我看見的

不被祝福的愛情

像一根漂亮的雞巴長錯了人

更好的地方

我曾經可以為了一棵樹
而放棄整座森林
如今只不過是
樹斷了
森林燒了
連動物也都跑光了

而那些沒死透和未燒盡的灰
最終都成了我眼裡的刺
我哭的時候
會有種子落下
它們會長成一座更巨大的森林
希望你不要
扎根在不對的地方
例如這裡

愛情

你說過
我們應該
一輩子在一起的
儘管是在你離開了以後
這份承諾
仍像是一隻影子
從白天到夜晚
經常讓我
踩在腳底之下

要是每一場落下的雨都是千萬根的雞巴

那我就再不需要
為了求得誰的原諒
而去淋一場甚麼贖罪的雨

就只管站在雨中
興奮時拍拍照片
口渴了就張嘴

我喜歡為男同性戀的愛情作詩

特別是關於
謊言
離別
傷心欲絕
他們的雞巴
（也包括雞巴的他們）

恐同

健身的人
不想和
沒有健身的人
交朋友

胖子
不想和
瘦子
來一砲

愛情

我不知道
因為什麼愛你
為了從一而終
你的離開
是為了什麼
我也不想知道

找

交友軟體裡
我們通常
不太聊天
比較多是
經常性的掉東西
雖然從來不知道丟了什麼
也從來不曉得該如何要回來

下輩子之三

做一個保險套
一生只為一根雞巴而活

餓著肚子
是為了排隊
吃到飽

我做了一個夢

我做了一個夢
夢見你死了
而我正在替你收屍
接著我醒過來
看著一只驚醒的貓
瞪著大眼盯著我
在我理解這一切
怎麼就只是一場夢的時候
我突然就哭了起來

鄉愁

曾經有過一扇門
是你說你鎖上了
我就再也沒有
踏出去過
後來
你帶著鑰匙回到故鄉
逢人就開

偶爾回來
開開我的

一樣的

選舉以後
下了一場很大的雨
我和許多的人
站在一樣的天空底下
卻只有我一個人淋溼

2018.11.24

愛情

總算是學會了
如何一眼看透星辰
以及頭頂之上
我仰望都見不著的地方

然而一開始
我也是看了很久很久以後
才知道有些閃耀的星
都曾經向我劃過

沒有順手去摘
只是碰巧
我喜歡黑
而你剛好又是
最黯淡的那一顆

見光死

在家的時候
我牽他的手
開車的時候
我牽他的手
看電影的時候
我牽他的手
沒有人的時候
我牽他的手

逛夜市的時候
我一手拿飲品
一手提串燒
還問他
幫我拿不？

爸爸媽媽的週末時光

早上
搭車前往
同志友善城市
阻止別人
立法結婚

下午
手牽手
圈起異己
然後說這叫做手
護家庭

傍晚
不急著回家教小孩
相約和五輛車
一起到
摩天輪裡
用鼻孔吃飯

2013,1130 守護家庭遊行
2016, 張守一「和汽車、摩天輪結婚」說
2017, 護家盟「鼻孔吃飯」說

都更

拆掉住了人的
蓋好買不起的

復仇

颱風眼
看起來
像是一個
開花的菊

我一邊猜想
它到底是經過
多少人操
的時候
雨水一邊
滲進窗戶
弄濕了我的
床單

變化

住在不同城市
看相同的月亮

躺上同一張床
想別人的雞巴

正常的社交

有很多的同性戀
明明長得好看
卻老愛穿得醜
醜到他們
必須把衣服給脫到
一件都不剩了
我才會想
和他們約

同性戀的最佳捐血方式

在廁所裡
用美工刀

新世代媒體

記者 Pqcman65411
台北採訪報導

Abercrombie & Fitch

那些衣裳
是華麗的羽毛
它們不需開屏
走在路上
也能清楚透視
對方體內那只驕傲的孔雀

不一樣

一輩子
能有多長
我們得到的答案
一輩子
都不會一樣

畢安生能夠有六十七年
而葉永鋕走的時候
才只有十五歲

騙局

檸檬茶無添加檸檬
三溫暖得不到溫暖

雙十節不見國旗
你和我沒有明天

雨下得再大也總是會停

它和你不一樣
走了就是走了
再也不願意停

愛情

我想死的時候活了下來
活著的時候又突然想死
你在與不在
我都是死去活來
痛苦的像一批絕食的民工
渴了喝西北風
冷的時候就自焚

臉書

有一些人
不愛露臉
不愛看書
卻老愛露
身體
與下體
然後享受被
文字強暴

同志大遊行

是一面照妖鏡
不照裡外的人
只照路過的妖

進階的課程

你會記得
性教育
應該退出校園

卻忘了
有些補習班
也有人教

2017, 林奕含事件

夏天跟著你一起走了

秋天回來的時候
帶著刀
怎麼吹
風都是刺

過程

我們一起
我們一起老
我們一起老死
我們一起老死
不相往來。

叫

美麗撿了一只狗
關在家門口
只要有人靠近
牠就會叫
美麗同時也買了一只狗
養在客廳裡
只要有人靠近
他們就會叫

在一個春天裡

1.
奶奶離開了
那個晚上
我蹲坐在冰櫃旁
打手機
給我的男朋友
跟他說了許多的話

2.
白天晚上
總會有幾只燕
在大廳飛進飛出
我經常在底下
清掃煙蒂

3.
庭院的芒果樹沒有結果
夜晚有蚊子在飛
隔壁廟口在放煙火
天空像是開起了花

4.
台北來的姑姑
哭帶著爬進靈堂
擦乾眼淚
講別人的壞話

5.
下了幾場雨
但是很快就又停了
爸爸下午
還得趕去醫院
做電療

6.
上一次見到他
也是在一場葬禮上
（我不曉得該如何稱呼他）
他有一雙漂亮的眼睛

7.
頭七沒有飛蛾
豬哥亮那時候還活著
奶奶喜歡看他的節目

8.
明明主角是妳
從都市回來的人
卻拼了老命演戲

9.
天空萬里無雲
他們向妳告別
眼睛就開始下雨

10.
屋子裡的床
沒有人躺著
地上的雨聲
滴滴答答
時鐘也是

11.
人一旦活得久了
就容易忘記
死是什麼樣子

許多的愛情像煙

我戒不掉
更改不了
只能不斷地將你叶到
我看不見的地方
讓你變成二手的
繼續去傷害
其他像我一樣
不知道該如何形容的
這樣的人

禮金

許多的紅包
包了出去
我卻只能
在死的時候
收回來

逛街

上個星期五
我和張喬明去逛街
過馬路的時候
看見一個
穿著好看的男人
他指著那人說
你看他
穿得好 Gay（哈哈哈哈）

後來我們去了餐廳
鄰桌坐了一對
打扮俗艷的男女
他們帶著一個
不到兩歲的娃兒
吃得滿臉米粒
活像是個
臭要飯的

迷信

我不相信上帝
也不相信聖經
我只相信神
愛世人
（PS. 只要是人）

頭號粉絲

三千好友
六百個讚
五十一次分享
三十則留言

怎都比不上
一個我愛你

回家的路上

移民美加的座談廣告
不停地在電台播送

此刻窗外沒有雨
只有小販
流浪狗
還有霧霾

歸零

世上沒有純一
只有怕痛的零

這才不是愛情

我想進去你的心裡
但是你卻總是
只願意
讓我進去你的逼裡
所以每當你說
你喜歡，以及
多麼愛
有多麼愛我的時候
都只願意
在躺下的時候說

歹命

豬被吃掉了
投胎成為狗
卻四處流浪
變成鳥了還不懂得飛
好不容易生而為人
卻淪為了一個政客

爭取

他們告訴你
愛錯了人　上錯了器官
器官不會說話
也生不了孩子
然而孩子是純白無瑕的
不容許被沾到任何顏色

所以為了孩子
你們除了選擇上
對的器官
更要謹慎選擇上
對的廁所

2016, 張鳳書「爭取廁所」說

食物鏈

健身的
歧視
沒有健身的
歧視
娘娘腔
歧視
胖子
歧視
瘦子
歧視
第三性

之後他們集體
對歧視同性戀的異性戀
做出嚴厲的譴責

愛情

有人信手拈來
像老鷹盤旋
獵食以前
從不見任何槍響

有人橫渡了幾百里
把白天倒過來活
一旦碰上了黑
仍遍尋不著
回家的路

有人依靠手機
許多的方格子
宛如一艘又一艘
漂流不定的船
住在不同城市的人
在同樣的一個月亮底下
經常性的渴望停靠
卻又從來
不曉得岸在哪裡

我養的貓經常像是我的前任男友

喜歡吃
不太理人
毛還一大堆

太陽

比起影子
我更喜歡
做你的太陽
因為你喜歡有陽光的地方
而我喜歡你

我喜歡你
特別是你笑起來的時候
那是我最喜歡你的地方

2014, 寫給男友

完美的一天

在黃昏的草坪裡
我們並肩
走在一起
你看風箏
在頭頂上飛
看幾只狗
在地上跑
我看著你
你不時看著前方
沒有看我
但那無關痛癢
只要我喊了你
你就會回過頭
我一直都明白的這件事

當你看著我的時候
我的全世界
就伴在你的眼睛裡
所有的轉眼一瞬
對我來說
也都是永恆的地久天長

部分詩名取自以下詩歌：

傾斜的島 / 李敏勇 / 1993

蹦的一聲 / 馬克白 / 2014

頂樓 / 草東沒有派對 / 2015

下輩子更加決定 / 葉青 / 2011

孽緣 / 邱比 / 2017

蛤 / 范曉萱 / 2004

不留 / 王菲 / 2003

並不 / 張懸 / 2007

忠告 / 阮丹青 / 1998

倒楣、詭計 / 何欣穗 / 1999、2002

形狀 / Easy / 2012

台北遊記、循環、完美的演員 / 1976 / 2000、2001、2006

變化 / 來吧！焙焙 / 2014

可能性、溺愛的渴望 / 回聲 / 2007

思鄉病 / 惘聞 / 2007

心內話、舊照片 / 滅火器 / 2009、2013

美好人生 / 陳珊妮 / 2011

完美落地 / 亂彈阿翔 / 2011

九月教室 / 透明雜誌 / 2010

更好的地方 / Hush! / 2013

同一個答案 / HUSH / 2015

快樂是自找的 / 趙之璧 / 2001

快樂 / Deca Joins / 2017

感謝：家人、陳瑞凱、啟明出版、廖書逸、盧翊軒、蔡仁偉、
肯腦濕、買這本書的人。

吳芬

三十三歲，貓奴，雲林人。
胸無大志，覺得愛情、性與搖滾樂是世界上最美好的事。
作品曾散刊於《衛生紙詩刊》（20、33 期），
2017 年獨立出版詩集《把你的心跟肺挖出來帶回鄉下餵狗》，
2019 年啟明出版製作發行《把你的心跟肺挖出來帶回鄉下餵狗》全新版本，
增錄兩百餘首新作。

把你的心跟肺挖出來帶回鄉下餵狗

作　者　　吳　芬
編　輯　　廖書逸
設　計　　盧翊軒
業　務　　陳碩甫
發行人　　林聖修

出版　啟明出版事業股份有限公司
地址　台北市敦化南路二段 57 號 12 樓之一
電話　(02)2708-8351
傳真　(03)516-7251
網站　www.chimingpublishing.com
服務信箱　service@chimingpublishing.com

法律顧問　北辰著作權事務所
印刷　漾格科技股份有限公司

總經銷　紅螞蟻圖書有限公司
地址　台北市內湖區舊宗路二段 121 巷 19 號
電話　02-2795-3656
傳真　02-2795-4100

初版　2019 年 6 月 3 日
初版五刷　2022 年 7 月 1 日
定價　NT$580
ISBN　978-986-97592-3-6

國家圖書館出版品預行編目（CIP）資料

把你的心跟肺挖出來帶回鄉下餵狗 / 吳芬作 · ──
初版 · ──臺北市：啟明，2019. 06

880 面；13.2 x 19.6 公分

ISBN 978-986-97592-3-6
（精裝）

851.486
108006631

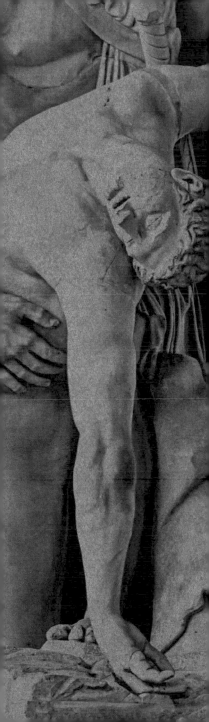